おっきあんちゃんと清さん

カゼ カオル

KAZE Kaoru

文芸社

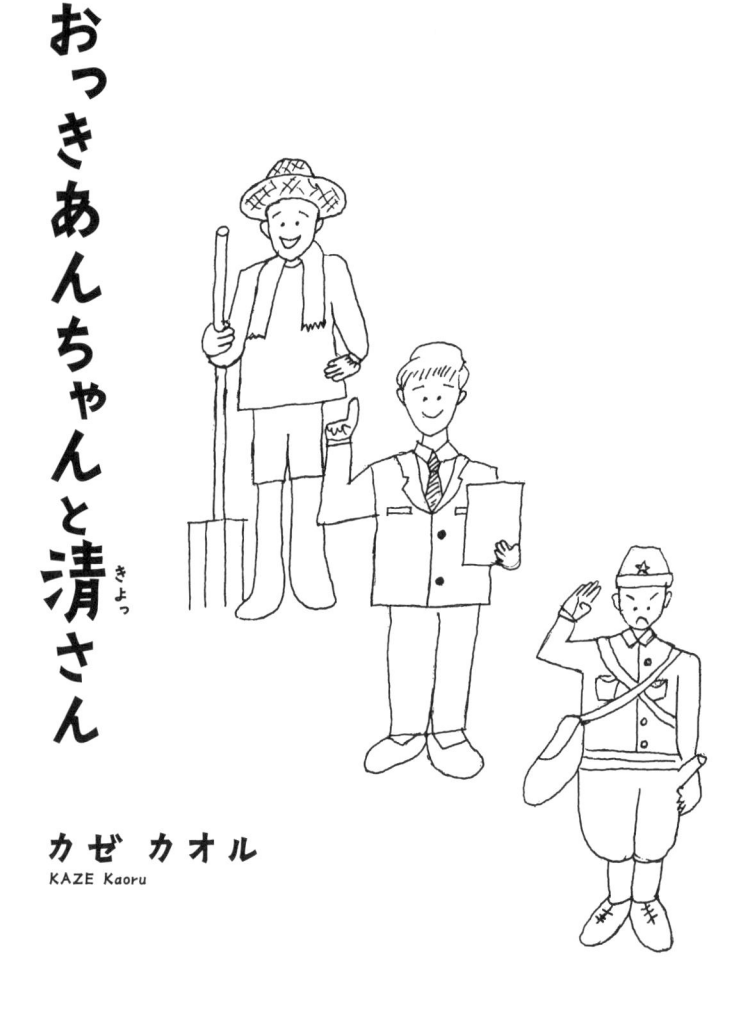

目次

おっきあんちゃんと清《きよっ》さん

父の入院

「ご家族の方は九時までに来てくださいと医者に言われていたのに、なんで遅かった?」

と父は少し怒りの籠った声で私に言った。

「だって、色々用事もあってそんなに早くは出られなかった。ごめん」

私は父の家族と協調したい気持ちが身体の髄まで分かっていた。

父は私という娘以外にもう血の繋がりの一番濃い者はいないのだ。

憐れな思いと少し重たい気持ちで答えていた。

診察を終えてそのまま入院になったので、母と私で入院の手続きをした。

「一昨年から去年、そして今年って、こんなにも入院続きだなんて」

と母は嘆いていた。

最初は三年前に結核で三ヵ月。次に結核を克服しようとどうもカロリーの高い物を口にしていたらしい。その後に脳梗塞、血管がつまったのだ。その後は左足に麻痺がでた。そして今回となってしまった。

「おとうちゃん、このパジャマをロッカーに入れとくからね」

と私が言った。

父の顔の色は黄色に満ちてしまっていた。子供達の夏休みに田舎に来た時、そういえば寝てばかりいた父を思い出していた。あれから一ヵ月半しか経っていない。

主治医の説明が別室で始まった。

「片岡さんの胆管が、がんに侵されています。胆汁が外に出られないので顔が黄色になってしまっています。中のがんは散らばっていて、手術はできない、しても取りきれないでしょう。

けれど胆管の管の中を少し切除して、胆汁が出られる手術はします」

「余命はどの位ですか」

父が席を外してから私が尋ねた。

「まあ、はっきりとは言い切れないのですが、おそらく三ヵ月位はもつのではないでしょうか。

退院もできます。ただ点滴は続けていただきたいです」

医師の説明の前に父の身長と体重が量られた。父の身長は聞いていたより小さくなっていた。

点滴をしたままで診察され、まるで先生を信頼しさえすればいずれ健康が取り戻せるものだと頑固に思い込んだような父の言動に、思わず涙が流れた。これも日頃から父の律儀な性格を表していると思えた。

律儀とは？「きわめて実直で義理がたいこと、またその様子」。「約束を守り過去の借りを返す人」というのもあった（大辞泉より）。

それは父の環境、つまり親や親戚兄弟達の立ち居振る舞いからも影響され、また世間で父親を早くに亡くし、何もこれといったものがない男が生きていくには信用というものが一番大事なのだと肌で感じていたからに他ならない。

そして、この血を分けた私にもＤＮＡは生きていた。それだけは私自身にも確かに受け継がれているのは否定しがたい。

私の他に父には血の繋がった頼れる身内がいないのだと、再び私の中でうなずく思いだった。

父はしかし、どこかで死を覚悟していた。

「俺が死んだら、一番にやることがある。

まず、共済組合に電話をして。年金の受給者番号が分かる証書が一階のタンスの黒いバッグに入っているから、とにかく電話をするんだぞ」

と母がいない時、私に念を押した。父は地方公務員だったので共済組合と言った。

しかし、六十歳の定年後に会社勤めを五年間していた。

父の生まれた頃のこと

「俺は二歳にもならないのに父親を失った。それが、どんなことになると思う？」

父は大正十年（一九二一年）六月八日、バッチとして生まれた。バッチとは末っ子のことらしい。母親と同居している長男家族に育てられたという。

大正十二年（一九二三年）に関東大震災があった。九月一日、十一時五十八分三十二秒頃に起こった。神奈川県および東京都を中心に茨城県・千葉県から静岡県東部までの広い範囲に甚大な被害があった。この震災で焼死が多かったのは、台風の強風が関東地方に吹き込んだためだった。おおよそ百九十万人が被災し、十万五千人が死亡、あるいは行方不明となった。震災発生後、混乱に乗じた朝鮮人による凶悪犯罪、暴動などのうわさが行政機関や新聞、民衆を通して広まり、民衆、警察、軍によって朝鮮人、またはそれと間違えられた中国人、日本人が殺傷される被害が発生した。

「朝日新聞」（二〇二〇年九月一日付）にこんな記事が載っていた。

「東京都立横網町公園は一九二三年の関東大震災時、避難した住民ら約三万八千人が火災で亡くなった場所だ。慰霊の地として整備されたこの公園で、震災から九十七年となる九月一日に開かれた対照的な二つの行事についてだった。大震災の直後、「朝鮮人が集団で暴動をおこした」「井戸に毒を入れた」といった流言飛語を信じた自警団や警察、軍により虐殺された朝鮮人や中国人を追悼するということで一九七四年から追悼式典が行われていたが今年は新型コロナウィルス対策で一般参加を断り、インターネットで中継した。新型コロナは世界を変えた。今なお終息していない。

もう一つは同じ公園内で「真実の慰霊祭」と銘打った集会だ。二〇〇九年から朝鮮人の強制連行や虐殺を疑問視する団体である。しかし、朝鮮人虐殺は政府も認める事実であることは間違いないのである（一部抜粋）」

父の父親、つまり私の祖父は震災とは関係がなく亡くなった。震災のあった年の七ヵ月前の二月には、もうこの世にいなかった。働き者で人が良く身体を壊して亡くなった。父の母親、つまり私の祖母は背筋のピンと伸びた、太っていないで、すらーっとした感じのおばあちゃんだった。父は三歳までちゃんと歩けなかったと自分で言っていた。本当なのだろうか？　そして、一年生の時は学校が嫌いでお小遣いをもらわないと学校へは行かないと、だだをこねたらしい。今、それを証明してくれる人物は親戚にはいない。

父の幼少時

父の実家は千葉県長生郡白子町というところで、半農半漁のような家だった。

父は九番目の末っ子でよく遊んでもらったのが三歳年上の兄・康夫だった。

いつも遊びに連れて行ってくれたが父とは遊ばない。兄が友達とベイゴマ、メンコ遊びをしている間、いつも父はできないので邪魔をする。

「なんだよ。邪魔だよ。清はそっちで見ていろよ。見ていれば覚えるから」

「俺もやってみたい」

それで兄に殴られる。殴られると、とたんに泣きだす。すると父の母、父方のお祖母ちゃんが兄を怒る。その繰り返しだった。

その後、父もいつの間にか一人で遊びに行くようになる。北隣の「次郎屋」（屋号）

の渉さん、裏の隠居のおさきさん。だいたいままごと遊びだった。一番上の姉・さとに聞いたと父の回顧録にあった。

父は赤ん坊の時から耳が悪くて、「お袋の懐に入って病院通いしていた」とも言っていた。病院は茂原にあり、往復六里（一里は約四キロ）、歩いて一日かかる。そうすると、茂原へ行く日は仕事ができないから「お袋は親父とよく喧嘩していた」らしい。父の母親、つまり私のお祖母ちゃん（そえ）は父が不憫で仕方なく、そして可愛かったのだろう。三歳まで座れなかったから、県道で遊んでいても自転車にぶつけられること数知れずだったというのだから。

父は父親の顔は覚えていない。けれど戦争時の兵隊服姿の写真では父に似ていると思ったそうだ。

父の父親は村から数少ない兵隊さんに出た。日清、日露戦争に従軍した。世帯持ちの父の父と母は貧乏暇なしの子沢山。戦地から戻り、その金で田や畑を買った。

父の父親は毎日三時間しか休まないで一生懸命働いたが、とうとう胃がんで四十七歳の若さで死んだ。

父の子供時代の写真を見ると、七つの祝いで木綿の着物に木綿の袴。隣の従弟は銘仙の着物に銘仙の袴。両親がいるといないでは月とすっぽん。

そのお祝いもお宮参りだけで終わらせて、父からみて母の父の妹（叔母さん）の家へ泊まりに行った。親と一緒なのに他の家に泊まるのが嫌で母を困らせたそうだ。一晩泊まっただけで逃げ出して家に戻ったことが父にはついこの間のようだったらしい。

その当時、四天木《してんぎ》の親戚である又六さんが入隊することになり、その前日に本家の吉郎さんとその母親のいきさんと父の母と父の四人で出かけた。南白亀川《なばきがわ》にまだ橋が架かっていないので、二銭出して船で渡る。四天木まで往復歩かされて、ふうふうしてしまったようだ。

小学校低学年の頃

小学校は康夫兄さんと登校した。帰りは友達と道草を食いながら帰った。

入学した頃の父は本を仕方なしに広げていたので、通知表は「乙」が二つ位で残りは〝丙隊〟さんばかりだったようだ。毎日二銭のお金を手にしないと学校へ行かないで母を困らせた。

受け持ちの先生は田辺幸枝先生。同じ村の古所高《ふるところたか》の人。先生のだんなさんの弟さんと先生の長女明子さんも、康夫兄さんと同級生だった。

父は、子供のいない母の弟・定次郎さんに養子になるよう言われた。その後、美也子さんが生まれて養子にならずにすんだ。そしてよく美也子さんの子守をさせられた。

二年生になると父は一年生の時とは違い、心もはずんで通学するようになった。学校の桜も満開で、風が吹くたびに校庭いっぱいに散る様は誠に鮮やかだった。受け持ちの先生は田中花子先生で茂原の下の東郷村から通っていた。二年生の父は一年生の時と違い、勉強するようになった。友達もでき仲良く遊び、学校が面白くなってきた。通知表も「甲」が二つ付き、残りはあひるの「乙」だった。男女共学で席は男女の組み合わせになっていた。父の隣の席は吉田幸子さんという大柄で頭のいい子だった。父の家も一年生の時より景気が幾分良くなった感じだった。

ある日、田中先生から「いわし」の干物を頼まれた。農家をやりながら船乗りをしていた長兄・清一さんは海産物製造場をつくっていた。

「いわしのめざしに味醂干し、ほほさしと煮干しを頼まれた。先生の干物はお世話になっているので、お金はもらわなくともいい」

と言ってくれた。

父の子供の頃はものすごく漁があった。父のおじいちゃんはお金をいつも持っていた。

「じいさん金くれよ」と言うとすぐ金をくれた。そして、〝湯屋の駄菓子屋〟の婆さんのところへ遊びに行っていた。

その婆さんには一人息子がいたが、軍隊に入隊していた。

その頃、伯父がやっている地引網は毎日大漁続きで、昔の金で「一万円開き」をした（「船の科学館」のサイトによると、大漁となった日に網元（船主）が網子（漁師）を労うしきたりがあり、宴が催され、祝儀（引き出物）として万祝い（着物）が振る舞われたそうだ。一万円開きとは、そういった宴のことを言うのではないか）。

一万円開きで獅子舞を借り切り、土地の人に見せた。獅子に頭から噛まれると丈夫になるといわれ、嫌がる体の弱い父を母親が無理矢理に噛ませたことが思い出されると話してくれた。

貧乏な父の家では漁師が着る「ボッタ」を雨の降る日はマント代わりに着せられて学校へ行かされた。「ボッタ」は漁師が風雨の強い日に着る、マントのような物だ。

一年の時、雨の日はマントも雨靴もなくて素足でボッタを着て通学した父は、次女の早苗姉さんからマントと長靴を東京から送ってもらった。これでやっと両親のある子供と一緒になれた感じがした。それまで早苗姉さんの存在は知らなかったのだった。

今では、父の小さい頃のことを知っている人は全くいない。なんで、もっと突っ込んで聞いとかなかったのだろう。今になって悔やまれる。

二年生から三年生になった父は家の仕事を手伝うようになった。農家でありながら「いさば」を炊く。本当に忙しい家だった。

いさばとは？「五十集又は磯場とも書き東日本では魚商またはその商品のこと（大辞泉より）。

春と夏と秋は養蚕もしていたので、田植え頃にしめかすを作るのを手伝ったという。

しめかすとは？「絞め滓又は〆粕とも書き豆やゴマ、魚類などから油を搾ったあとのかす。肥料にする」（大辞泉より）。

ふだんも母親が子守をしながらお昼や三時の支度をしているが、父が学校から戻るのを待ちかねているくらいあてにされていたようだ。

しかし、失敗したりもした。ある日などは子守をしながら芋をふかしてお釜を真っ黒にこがし、慌てた父は上から水をかけてしまい釜にはひびが入り使えなくしてしまった。全くやりきれない気持ちだったという。

また、時にはいとこをおんぶしておやつを自転車にくくりつけ、高い田んぼ道から自転車もろとも落ちてしまった。けがはなかったけれど、自転車の車体を折ってしまい困ったこともあった。

三年生の受け持ちは新米の二橋先生で、豊岡村の人だった。先生は誠におとなしい女の先生で、ある日いたずら生徒に注意をしたところ、そのいたずら生徒に机のふたでなぐられてしまった。先生は一学期だけで他の学校へ転校してしまった。その後に金子先生という女の先生が二学期からの担任となった。

小学校高学年の頃

高学年になると父は出来の良い方になった。成績の悪かった父がめきめき勉強をしたせいか、成績は非常に良くなって先生も驚いていた。また、どうしたものか喧嘩も一番強くなり、体格の良い奴の肩馬に乗り、耳を引っ張って右へ左へ歩き回ったこともあった。

でも実は強いのは自分の実力ではなかった。自分の集落に一番喧嘩の強い先輩がいたから威張っていられたのだ。先輩とは、〝仁平どんの秀さん〟〝「福谷屋」（屋号）の銀さん〟などであった。

その年の夏休み、「馬喰屋」（屋号）さんが馬を連れて二人で来た。家の方からは馬の経験のある田辺のおじさんが参加して一日がかりで馬の商談がまとまった。この時、兄康夫は（姪っ子にあたる私達が「すぐのおじさん」と呼んでいたのは、康夫さんでなく要佑さんのことらしい。戸籍を見ると父のすぐの兄康夫は戦争で亡くなっていたため、そう呼んでいた）高等科一年生で馬の世話を引き受けていたのだが、学校の滑り台から落ちて沢田外科病院に入院してしまい、今度は馬の世話は父が受け持つことになった。

夏は馬に蠅やアブがたかり、その世話は大変だ。馬の背中を洗ってやるためには、はだか馬に乗って海へ行った。そこへ二歳年上の種田の忠男さんが来た。「清、乗せてくれよ」というので手綱を持っていると、パクッと馬に足を食われてしまった。非常に痛かったけれど、父は家に帰っても家の者には内緒にして、隠して怪我を治した。はだか馬に乗り吹っ飛ばされて落ちたことも数多くあった。

父には三歳年下の甥っ子がいた。それが、七つの祝いで一緒に写真を撮った長兄の長男である。だから、甥っ子と叔父というよりある意味兄弟のような関係でもあった。

小学校高学年になると家では立派な働き手として二人にも役割があった。父と甥っ子は干物売りにも行かされた。父が一生懸命に売りに歩いていても、甥っ子は父が自分の父親に告げ口をしないのを見越して、「頼むよ清《きよっ》さん」と遊びに行ってしまった。それでも、父は兄に育ててもらっていることに遠慮があった。私に話して聞かせていた話に、七五三の時、自分は木綿の着物を着せられたのに、甥っ子は長男だから銘仙と言って正絹の種類に属する着物を着せてもらえたとこぼしていた。話を聞いた時の私には父の肩身の狭さもあまり理解できなかったが、大人になって父の言っていた意味が理解できた。

父の家では馬の他に牛も豚も飼っていた。豚は食用として売りに出すためだったかもしれない。牛は農作業の力仕事のために飼っていた。牛乳でお馴染みの白黒色のいわゆるホルスタインではなく、茶色だった。

長兄清一さんは父の父、つまりおじいちゃん亡き後に結婚をした。今の義姉お夏さん。兄は百姓をしながら船乗りをして生活を支えていた。長兄は働かざるもの食うべからずという家訓のようなものを信念としていた。

父の母・そえの父貴佳さんは「千所屋」（屋号）の人で、海が好きで漁師になった。長女であるそえは生まれて三年位出生届を出さないでおかれたらしい。

そのじいちゃんがいつどのように網元になったのか父は知らなかったが、母の弟二人が跡を継いだ。母方のお祖母ちゃんもいつ亡くなったのかは分からない。

父の青少年時代

青少年時代の父は、実家の忙しい半農半漁の暮らしの手伝いに追われていた。

実は私が小学校五年生か、あるいはもっと小さい時だったろうか？　父の実家が建て替えをしてヒノキ造りの家になり、その間取りは少し覚えていた。建て替え前の家に住んでいた父がいったいどの部屋で寝起きしていたのか知らずにいた。離れの納屋にも二階があり畳敷きの部屋が何部屋もあった。ただ、母屋とは畳の質が違い粗野だがとても丈夫そうにできていた。子供でもその作りはあまり高価ではないと思えた。

しかし、その納屋の畳敷きはひんやりとして、夏休みに訪れた私達には面白かった。どんなに騒いでも叱られない、最高の遊び部屋と化した。〝どんどんめぐり〟が面白かった。色々な部屋から廊下に回ることができるのだ。私達、姉と私が泊まる時はその二階の北側の部屋で寝泊まりした。土間があり、一階は暗くてひんやりしていた。部屋の東側の窓からは道路が見えた。道路は土で凸凹道だ。歌にもあるように「田舎のバスはおんぼろ車……」なので、揺れてガタガタしていた。父が若い頃はバスもなかったのかもしれない。でも母が嫁ぐ際、バスに揺られたと言っていたようなので、あったのだろう。

父は学校から帰ると姪っ子や甥っ子を負ぶったりしながら、畑に届け物をしたりお茶を運んで農作業を慰労したりもしていた。

「兄さん、義姉《ねえ》さん」と、兄と兄嫁の姿を認めると大きな声で父は叫んでいた。義姉さんといっても母親と近い年齢だ。

農家の田植えの時期は、皆せっせと仕事に専念していた。父の母は家でご飯の支度や洗濯など、家事を引き受けていたと思われる。

そんな畑仕事や忙しく働いている家族の様子を目の当たりにすると真面目にコツコツ仕事をする家の人達に少しは休んで欲しい、お茶でも飲んで。などと労いの気持ちになる。しかし当時の父は、そんな気持ちというよりそれが俺の役目だからというのが当たり前のような感情だったかもしれない。父は根っから真面目で善人な性分だ。でも勉強をする時間は自分でなんとかしなければ、誰も考えてはくれない。それは田舎で生きていくには仕方のないことで、皆必死なのだ。働くことが生きることだからだ。

田舎には掘った井戸が母屋の前にある。夏はキュウリやトマト、スイカなどを井戸の中に笊などに乗せて吊り下げておくと、数時間でひんやりした食べ物にありつける。何と言っても冷やしたスイカを切ってもらって、縁側に座って種を口から飛ばしながら食べるのは最高に旨い。スイカを食べる醍醐味だ。井戸の中をのぞいてみると、いつも落ちやしないか地獄の入り口のように恐ろしかった。

スイカを食べる頃、私が父の実家に泊まっていた時だが、通りの向こうから私より一つ位年が下の子供達二、三人がいつの間にか現れる。田舎では隣の子供達も自宅の子と変わりなくスイカを当たり前のように食べる。それは田舎のよさだと私にも感じられた。

トイレは独立した場所にあり、家の中にはなかった。トイレは「厠《かわや》」と呼ばれていた。暗いし便器の中は深い穴が開いているだけで糞尿は丸見えなのだ。だから、子供などは、おしっこは草が生えている地面などにしていたような記憶がある。

昭和三十年代の田舎のお風呂場は煮炊きができる竈と隣同士にあり、薪を燃やして火を熾すのに便利だった。当時の田舎にしては明るく近代的であったように思う。父はどんな風呂に入っていたか今となっては聞く人もない。これは戦後の日本が復興し始めた時代の設備なのだ。

他のお宅の風呂場を見ていないので、一般的なのか特別に父の実家独自の設計なのか判然としない。父は生まれてから兄の家族と母親と同居したままで育ってきた。それが当たり前だったのだけれど、誰に教わったのか、自分達は家の中の中心の家族でなくなっていることを、いつの間にか考えるようになっていく。長男に養われていることの現実。そんな父の心情はいかばかりであったのか？　想像しても理解できそうでできるものではない気がした。

父には兄や姉が何人もいた。「すぐの兄さん」とは三歳離れていた。大家族の家庭で、父は兄嫁が穏やかで控えめな人だったので救われたのではないだろうか？　私もお会いしたことがあったし、私が泊まった折、夏休みなのだが、当時、夜は蚊帳の中で寝ていて私が眠れない夜、その兄嫁は私にとっては義伯母さんだが、私が眠れるようにうちわであおいでくれたりして、気遣いしてくれたのを覚えている。威張ったところのない言葉も丁寧な人だった。

父は自分の将来のことを「このまま田舎の手伝いをして一生を終えるのか？」と考えていたようだ。でも、それで良いとは思っていなかったのは間違いない。きっと、父の母親、つまり私のお祖母ちゃんもなんとかしたい、してあげたいと思っていたことだろう。しかし、聞いてみたこともないし、それも今となっては分からない。健康で大人になってくれればなんとかなると思っていたのかもしれない。

ところでその当時は、町の中学校（旧制）を出て代用教員をしている先生が、その後師範学校へ行き正教員になったりした。その先生の教え方が良くて父は勉強ができるようになった。すぐの兄は戦死したため、その上の十一歳離れた兄を「すぐの兄」と呼んでいた。市川の野戦重砲に入隊し、二年兵となった時には満州へ行ったということである。その兄は除隊すると五井の籠屋の婿になった。しかし、相手の舅とうまくいかず家出した。

五年生になると、父は兄や姉とけんかをしたこともあった。父の母はそれが原因で長兄ともめて、家を出たのもしばしばだったらしい。

この当時、兵隊ごっこがはやっていた。上は大将から下は兵隊さんまで階級章をつけ城を築き戦ごっこをしていた。通りがかった隣村の子供を自転車から引きずりおろしていじめたこともあるらしい。いってみればその辺りにいる子供だった。同じ中里集落でも北と南に別れて華々しくけんかもしたのだ。

進路

当時の義務教育の最終学年、六年生になると中学校・女学校に進学する生徒は猛烈に勉強していたようだ。父の場合は、どうせがんでも進学はできないものと思っていたという。このままでいくなら兄の手伝いで終わるのかと思っていたようだ。

六年生から進学した人は四人だった。

高等科に進むと科目は農業科目が増え、実際に田も畑も作り、男子を四班に分けて競争させられた。野菜から米・麦まで作り、作物はリヤカーに積んで町へ販売に行かされた。肥料は学校の便所の糞と小便をくみ、堆肥を作り一生懸命だった。

身体つきも大人になってきた父に対してだんだん扱いが厳しくなり、牛馬の世話は勿論のこと、豚の面倒までも言いつけられた。

五月になると田植え、苗を苗代からリヤカーで運び、さらに籠でかついで運ぶ。また、養蚕も始まり、積んだ桑の葉を自転車で運んだり、牛車で運ぶこともしばしば。

なお、この上大漁になると牛車で魚を運んだり、夜中までしめかすを炊いたり、ほしかを干したりする。

ほしかとは？「干し鰯／乾し鰮とも書く。イワシを乾燥させて作った肥料。江戸後期からタバコ・綿などの栽培に用いられ商品作物の生産拡大をもたらした」（weblio辞書より）。

だから勉強なんかしてようものなら、兄が不機嫌で食事をするのも遠慮しなくてはならなかった。

人に負けるのが嫌いな父は、寝ずに勉強することもしばしばだった。

夏になると、学校が休みで、しかも農家も製造場の方も暇になり、そうしてのんびりしていると今度は伯父の地引網の手伝いを朝から晩までしっぱなしで、顔の裏表も見分けがつかない程真っ黒になる。秋になると稲刈り、芋ほり、麦まき、漁の方は〝ごまめ〟に〝煮干し〟炊き。本当に忙しい家だった。

田作したり、煮干しを炊いたりしていると、すぐに正月が来る。

お正月でのんびりできるのは一日位で翌日には朝、干物を干して、夕方になるとまたしまいに行き、落ち着いて遊んでいることもできなかった。

とにかく、一月から春まで、いわしの味醂干し、めざし、にぼし、ほしかと、その時の漁といわし次第で全くあきれるほど忙しい。

最終学年になると、家の手伝いをあてにされる。勉強は思うようにならなかった。学校から帰ると牛馬の世話が父の日課だった。同じクラスの中にも牛馬の世話をしている友がいた。古所《ふるところ》の建君だった。とにかく草刈りを一生懸命にやり、馬の面倒をみた。

我が家の近くは「いさばや」が多いから牛馬も多い。草という草は刈り取ってしまう。

そこで仲の良い建君の方まで草刈りに出かける。二人は毎日草刈りに行く。お互いに行ったり来たりして大の仲良しにもなった。八斗《はっと》の公会堂で芝居や映画などある晩なんかはスイカ畑の小屋に泊まり、スイカ泥棒の用心をしたものだった。

また、お祭りにも行き来をして遊んだ。

秋祭りが終わると芋ほりが始まる。やがて、麦まきの季節。その次に、いさばが始まる。ごまめや煮干しを作り、市場に出荷したり仲買いが来る目の回る忙しさが続く。

兄はめざしやさくらぼしをトラックに積載して、山や市場に出かけてしまう。

そんな時、漁があり船が大漁旗を揚げて帰ってきたりしたら、網元がサイレンを鳴らす。ボテ（ぼてふりは棒手振りの略で天秤棒で担ぐかご。またはその人を指す）は牛車や馬車を引いて魚を買いに行く。父はその代理をさせられた。いくらで仕入れて何を作ったらいいか判断できない父は、このようなことが一番苦手だった。身体は大人なみでも経験のない父は全く困り、結局は他人の真似で買った。

売り切れないくらい沢山魚があればまだいいのだが、魚を見るとまるっきり大人の態度が汚くなるのを痛切に感じた。とにかく、父の家には盆も正月もない忙しさだった。海が時化で魚がなければ桑畑の仕事をする。

いよいよ義務教育も終わりに近づいて、クラスの中から農学校を受験する人も出てきた。それは金持ちの農家の後継者だった。父の境遇では上級学校に入るのは無理だと思っていたからその気にもなれなかった。「俺はどう生きていけばいいのか？」と日々、悩んでいた。

しかしある日、父は母親を口説いた。農学校なら三年で卒業できるが、農学校は百姓の倅が行く学校だった。中学や実業学校なら五年かかる。いっそのこと六年生から行けば良かったのだが、六年生の時は欲がなかった。と言って、二年や三年に編入する実力もなかった。六年生、高一、高二と、三回受験してやっと受かる友や先輩もいた。

高等小学校を卒業してこれから五年まるまる通学するのは望める話ではなかった。その訳は三年生になるとすぐ上の兄・康夫が入隊してしまうからだった。忙しい毎日の生活の中、その日その日が精いっぱいだ。でもどうにかしないと、このままではいけない。心の中で自問自答を繰り返していた。

受験願書は締め切り三日前に提出した。勉強も受験三日位前からして結果合格した。合格して嬉しいのか悲しいのか？　とんとんだった。二歳年下と一緒で情けなかった。しかし父は、五年間の実業学校に入学することになる。

合格すると指定の洋服屋さんが注文を取りに来た。教科書も注文した。兄は新しい自転車を買ってくれた。大したことはなくとも、父親のいない父が上級学校に行けたのだから幸福者であった。

実業学校の頃

詰襟を着た父は自転車で通学した。「よろず屋」（屋号）の吉郎君が毎日迎えに来てくれた。小池豊さんは二年上だが同級生。拝島俊夫さんも同じ。三田五郎君は同級生で高二から入った。六年から入った佐伯雄介君と多田次郎君、岡田優斗君、早乙女敬一君の八人は一緒だが、山田留君はいつも遅れてきた。

入学式では父の後ろにいた佐伯君が話しかけてきたら教壇にいた丘先生が「今声を出したもの名前を言え」と言われ、大変驚いた。しつけは非常に厳しかった。

真面目な父でも兄や母親から参考書を買うからと貰ったお金で玉前神社の鳥居の近くの店で餅菓子を買い、松林に囲まれた砂浜で相撲を取りながら食べて遊んだこともあった。いずれも八人のメンバーだった。

校長先生は修身公民の受け持ち、学校全体で父が修身の点数が九十三点で最高点だと褒められた。数学、国語も勉強しなくてもできた。数学は佐藤先生、国語は坂本先生、英語は碇先生、漢文はお寺の坊さん、物理化学は薬局の斉藤先生、体操は高田教官、地理日本史は谷先生、剣道は古賀先生、商業科目は相川先生、農業科目と実習は高橋、鈴木、石川先生だった。家が百姓だから農業科目は取りやすかった。教練は配属将校小泉少佐。

上級学校になると、どことなく生意気になる。学校の帰りによくけんかをふっかけられた。

ある日、待ち伏せされて、目をひどくなぐられた。また、時には金持ちの小僧をなぐり、主人に押しかけられたこともあった。忙しい父の家では勉強ができないので、裏の家に机ごと引っ越した。裏の家は母の妹の家で、夜中に勉強しているとついつい眠ってしまい、英語の寝言を言ったりしたらしい。叔母の長男聡君は四つ年下でたくさん遊んだけれど、泣かせたこともよくあった。叔父さんは善吉さん。佐倉五七連隊の話をしてくれた。

二学期の終わりになると仲のいい友もできた。小池君は剣道は強かったし上手だった。お正月に泊まりに行って歓待された。斉藤正雄君とも大の仲良しで、一週間泊まった。

父が東京の江東区にいた時、私がまだ子供の頃に斉藤さんという父の同級生の何かにあたる細川優さんが遊びに来たことがあった。それから前田昇さんは保険の代理店をしていたらしく、その代理店でうちの火災保険や自動車保険に加入していた。前田さんの名前は父からよく聞いた。

実業学校二年の昭和十二年（一九三七年）六月七日、中支の盧溝橋（盧溝橋事件は一九三七年（昭和十二年）七月七日に中華民国北京亜永南方向の盧溝橋で起きた日本軍と中国国民革命軍第二十九軍との衝突事件）で銃声が響き、そこから日支戦争が始まった。

戦争は益々熾烈になり、あちらこちらで召集令状が来た。隣の雄介君のお兄さんにも来た。学校が休みで父は毎日伯父の地引網を手伝い海で働いた。彼は佐倉五七連隊に入隊した。出征間もなく上海の上陸作戦で戦死したようだ。

学校が始まると出征兵士の家と戦死者の家の手伝いと、軍事訓練も活発となり、軍国主義が幅を利かせるようになった。一宮川にも習志野騎兵連隊が水馬演習にやって来た。父が陸軍将校に憧れた時期で、徴兵検査を待たずに陸軍戦車学校に志願したが、どういう訳か色盲ではねられた。勉強より学校の勤労奉仕が優先するご時勢になり、軍事訓練にも益々熱が入ってきた時代だった。育ちそこないの父がいい体格になるなど、夢にも思わなかったそうだ。いさばも農家も忙しく、毎日が戦場のようだった。

二年生はあっけなく終わって、父は三年になった。兄・康夫はその年が徴兵検査の年である。甥・和雄は高等科二年になった。兄・康夫が入隊した後の家はどうなるのか？　いても人手が足りない忙しさだ。和雄は高等科一年から進学希望で一宮実業学校を受験したが不合格になり、二年では受験をあきらめた。そんなこんなを考えると退学して家の手伝いをしたら良いか？　家から就職した方が良いか？　迷う日々であった。

父親のない父がこれ以上学校を続けることは到底困難であると悟った。やっぱり農学校の方が良かったのではないかと思ったが、どうにもならない。農学校は三年で卒業だからだ。

父はくじけてなるものかと一人海へ出た。遠く地平線を眺め、太平洋の九十九里浜で大声を上げて絶叫したのだった。

荒波がうねりを高くあげてそれが崩れ落ちていく〝ゴォー〟という荒波の音とも声とも言えるものが襲い掛かるようになった。

退学の話は長兄には直接話さず、東京にいた要佑兄に一人で就職を頼んでみた。兄は自分のいる会社の研究所に入れて、夜間部に通学させる考えを言ってくれた。早速履歴書を送った。就職先も決まらず、四年の一学期で退学を決意して上京した。

長男の清一さんには母親から話してもらった。上京してみたが、就職は思うようにいかなかった。仕方なく隣の渡辺さんの紹介で株式会社川崎えん管に入社した。旋盤工の見習い工だった。上京二年目の春、風邪で気管支炎を患ってしまった。そのせいか顔色も悪く、夏に田舎に戻ると東京は身体によくないから、会社を辞めて田舎に帰るよう長兄は勧めてくれた。それから退職願を出して帰省した。

そういえば父の背中に油の腫物があり、私の子供の頃、その腫物を絞り出したことが何度もあった。父のそれは旋盤工時代にしみ込んだものだと言っていた。

それからは甥である和雄君と仲良く働いた。いさばと百姓を手伝いながら、魚売りと伯父の地引網を手伝って小遣いを稼いだ。昭和十四年（一九三九年）、兄・康夫は徴兵検査の結果、第一乙種合格なので兵役は免れたものと思っていた。が、その年の九月、現役編入の通知が役場から来た。入隊したのが十二月、半月経ったところ部隊は戦地へ出動命令があり、父が麻布第三連隊に面会に行った。別の面会人は食べ物飲み物を差し入れに持って行っていたが、年端のいかぬ父は気がつかず、面会して自分でもがっかりしたという。五十分位話をして別れたのだった。

その後、兄・康夫からたびたび音信があった。

その翌年は、兄・要佑に召集令状が来た。市川の野戦重砲だった。要佑兄は現役から除隊して二度目の戦地。一週間で満州に向かう。家族は田舎には引き上げずに会社から給料をもらって生活していた。子供は二人。長女めぐみ、長男悠斗。悠斗は父と父の兄と間違えた。

昭和十七年（一九四二年）の八月、兄の留守中に父が一緒に生活するようになった頃、又十郎君の姉さんのだんなにも召集令状が来た。彼も姉、富江さんと一緒に生活するようになった。

召集令状

昭和十四年（一九三九年）四月に旧制中学を退学した父は上京した。会社に入ったのが六月で、翌十五年九月には会社を辞めた。その翌年が徴兵検査で結果は第二乙種合格。ほとんど兵役には縁がなくなった。徴兵検査は当時、男の一つの区切りである。言わば酒も煙草も自由に飲めて吸える。

隣の雄介君は、昭和十六年三月に学校を卒業して、東京都地方公営企業の一つに就職した。その夏に田舎に来て、父をそこに世話してくれた。試験に合格した後は一応の講習が終わり、蒲田営業所に配属された。彼が間借りしていたのは、東横線の祐天寺駅の上目黒四丁目の二階建てアパートの六畳だった。彼は目黒営業所勤務で、十二円の家賃を父と折半で払っていた。隣の四畳半には同級生だった中野一郎君がいた。一郎君は四年生から目黒無線学校に通学していた。目黒営業所は近いので、日曜日にはピンポンをやりによく行った。

仕事は検針業務、毎月一日から始まって二十三日で終わる日もあり、この間五日、十日、十五日、二十日の四日間が予備日で、検針業務以外の仕事をやっていた。毎月二十日間位の勤務で終わるが病気で遅れた人の応援があり、配属以来他人の応援で何度も手伝ったりもした。

入局当時は朝八時半から夕方六時頃までかかった。冬の六時は暗く、電池がなくてろうそくを借りて検針したこともあった。

昭和十六年十二月八日、大東亜戦争が始まった。蒲田の道塚でラジオ放送を聞いた。それから間もなく敵機が日本の上空に姿を見せ始めた。男である以上、皆兵隊に取られていった。

その年の十二月二十三日、父にも臨時召集令状が来た。翌朝、営業所に行き庶務課長に令状を見せた。所長の命令で所員一同が集められ、その席上で父の紹介がされたのだった。

全職員が武運長久祈願に、隊列を乱さず蒲田神社まで行ってくれたのだった。その足で庶務課長の里田裕次郎さんに付き添われて本局まで挨拶に行き、餞別を貰い下宿先の義姉のところへ帰った。その晩は町会の歓送会があった。はちまき姿で亀戸駅まで送られた。二十五日には生家に戻り、二十六日は甥の和雄君と成田山へお参りに行った。

その年末、前の家の正子さんが実家に帰っていた。彼女は三田の保険会社に就職していたので正月に帰るには早いと思っていたところ、もうすぐ嫁入りで家に帰っていたというのだった。一月三日入隊で、元日に壮行会をしてもらった。

入隊

一月三日、臨時召集兵で津田沼自動車部隊に入隊。召集兵は父達二十四歳組と一方三十五歳から三十九歳までの二組（昭和十九年度第一次補充兵二三八名）だった。七日の未明、月がまだこうこうと輝いていた津田沼駅から軍用列車に乗り、翌日の昼食は品川駅であった。

九州の博多から船で玄界灘を渡り、上陸したところは朝鮮の釜山港。ここから軍用列車に乗せられて山海関を通過する間際、「敵襲あり」と判断され、銃に実弾を込め武装して通過した。一瞬緊張が走った。

その後着いたところは北支の石門だった。軍用トラックが迎えに来ていた。兵舎の割り当てがされた。各廊下には一升瓶が置かれていた。酒かと思いきや、うがい水であった。それから各中隊には班長、助教、助手がいた。父の班には班長が武田軍曹、助教助手に三年兵の矢沢上等兵、教官には山中純也少尉殿がいた。

起床は七時。直ちに点呼、八時半から十二時まで午前中の演習。午後は一時から五時まで午後の演習。八時に点呼、九時に消灯。

朝の点呼が終わるとマラソン、夕方の点呼は兵器の手入れと衣類の手入れがある。点呼時にはその日習った教範やその目的などを聞かれ、出来不出来によっては班長に追及される。班長は適当にして、今度は助教、助手に責められ、あげくの果てはびんたが飛ぶ。

週番上等兵は飯上げの管理をする。衛兵や歩哨、動哨には衛兵指令がつく。内務班の整理整頓には週番下士官が見回り、初年兵が夜間任務につくと週番副官がやってくる。「おい、その兵隊その銃を貸してくれないか」と言ってくる。うっかり渡そうものなら「貴様、敵に銃を渡すのか！」としぼられたり、難癖をつけられたりして成績に影響する。

雨の日は教官の精神訓話、土曜日は学科試験をやる。日曜日の午前中は内務班の掃除、午後は身の廻りの整理、内地への便り等を書く。毎日がこれの繰り返しである。

教育が始まって間もないある日、部隊長・安住大佐が回帰熱で亡くなった。今度は、亡くなった人の遺体を見守る英霊歩哨に立たされた。

回帰熱とは？「スピロヘータを病原菌とする感染症。シラミやダニが媒介する。高熱・悪寒・皮膚黄変などの症状を呈するが五日から七日で消失。約一週間の無症状期を経て繰り返す」（オックスフォード・ランゲージより）。

またある時、突然の非常呼称がかかった。寝付いたところに電灯がつかぬ兵舎で完全武装をし、いち早く営庭に集まり、捕虜の逃亡があって探しに行ったがとうとう見つからなかった。

それから、朝のキビ雑炊にも驚いた。初年兵は腹が減る。助教、助手の残飯を食った兵隊もいた。運動や演習が厳しく皆腹をすかせていた。

北支の冬は寒い。天気のいい日は風が強く砂埃。雨が降ると泥寧地、雪が降った日は車のエンジンがかからない。点呼が終わるとエンジンがかかるまで車の後押しをする。

夜間演習から帰ると眼玉だけが光って、上から下まで砂埃で真っ白というか真っ黒である。

下士官候補者に志願

父は班長からも教官からも、下士官候補者を志願するように勧められていた。しないと国賊のようにも言われた。二年や三年では内地へ戻れぬ。現実に六年兵、七年兵がいた。

保田少尉は乙幹部候補生でとうとう少尉にまでなった。保田少尉は一宮実業学校の保田道太郎法学博士の甥でもあった。保田先生は明大の総長もおやりになった立派な方で、毎日、一宮から東京まで通っておられた方である。

三月、北支の陽気もいくらか暖かくなりかかり、柳の木の芽も出始める季節、一期の教育検閲も終わった。父もいつの間にか下士官候補者に志願させられていた。教育が終わると他の兵隊はそれぞれの中隊に配属された。

父は連隊の留守部隊に幹部候補生と一緒に残された。当時幹部候補生十名と下士官候補生十二名がそれぞれ教育を待つために待機していた。

父は風邪をひき熱が下がらず医務室に入室していた。入室してすぐ満州にいたはずの兄・康夫が面会に来てくれたのでびっくりした。

兄は転属となり、石門で列車を乗り換えるまで時間があるからという理由だった。外地で兄と会えるとは夢にも思っていなかった。

しかし満州で昭和十九年（一九四四年）九月に戦死した。

一期の教育は石門で終わった。無理に勧められるままに志願し、天津の下士官教育隊に入るべく留守隊に残された。その時は幹部候補生諸君と一緒だった。教官には加藤中尉殿、助教には星野軍曹、助手には阿部上等兵、その後、幹部候補生諸君は南京の学校へ行ってしまい、中尉殿は転属となった。その後任の吉田大尉殿は、陸軍士官学校出の二十四歳で紅顔の美青年だった。

四月から三ヵ月の教育が終わる六月末に、軍隊入隊後初めて外出が許された。石門の駅近くに兵長司令部があり、隣に映画館があった。父は映画が見たかった。するると見慣れた顔の人とぱったり会った。

「あら、清《きよっ》さんじゃない？」

彼女は内地の呉服屋の次女・正子さんだった。父が召集を受けて田舎へ帰った時、彼女は華北交通の社員と結婚するため三田の電話局を辞めて田舎にいた。その姉さんが小学校の先生をされていた。真知子さんは担任の先生で、子供の書いた作文と図画を慰問袋にして送ってくれた。北支の石門で正子さんと会うのは夢にも思ったことのない出来事で、本当に懐かしかった。これから内地に便りを送るのであれば私の家から出してあげると言ってくれた。次の外出が楽しみになった。

出動命令

外出から戻ると留守部隊は本隊に追跡の命令が出た。留守隊の整理に一週間かかり、貨車（トラック）を列車に満載し石門を後にして一路南下した。列車は昼夜休みなく走り続けること七日間、広大な平原を列車から眺めた。

走り続けて見えるのは、夕顔の花だけだった。黄河の橋が落ちているため、列車は黄河の手前で停車した。

列車からトラックを下ろし、船に乗せて向こう岸へ渡った。

いよいよ信陽に着いた。信陽で松林の中へトラックを遮蔽した。これは敵機に見つからぬようにするためであった。毎日雨続きで、まるで内地の入梅を思わせた。

朝の点呼、夜の点呼が終わるとすぐ車両へ潜り込む。夜などはチャーシューと黒豆腐を買い、四人で飲んでいた。

信陽にしばらく駐屯して、その後部隊は漢口に向かった。漢口でトラックを船に乗せて武昌へ渡った。武昌では空襲の残骸がひどかった。さらに武昌から岳州へ向かった。岳州から長沙へと車は走り続けた。その間に山脈があった。大きな頂から見渡すと焼かれた車があちらこちらに残されていた。皆飛行機でやられたのだ。

父の部隊も目の前に飛行機を見た。Ｂ29に狙われ、一個小隊が丸焼けとなってしまった。積載しているのは航空燃料だから、たまったものではなかった。長沙の先、衡陽についに到着し、やっと部隊に追跡がでた。

引率責任者嶋田大尉は部隊長に報告し終わり、それぞれは各中隊に配属された。父はしばらくの間、中隊本部に籍があった。中隊長は早乙女中尉殿で、突然前線に駐屯していた。一個分隊が夜襲を受け、その報告のため父も中隊長の伝令で視察に行った。分隊長が志那鎌で寝首をかかれてしまった。やった者は、昼は農夫のふりをして夜間行動する中国の特殊部隊、便衣隊だった。

父は染谷分隊に配属された。分隊長以下十三名、車両五両。十三名の食事と掃除洗濯を一手に任され、自分よりも年次の若い兵隊がいないので階級は三星でも古年兵に怒鳴られた。

ある日昼食後、川へ食器洗いに行き、両手に飯盒を持ち素足のため石段からすべりしりもちをついてしまい、痛いの痛くないの、目から血が出るような痛さだった。

初年兵教育係

一月十五日、隊長から教育係を命ぜられた。

永田見習い士官殿から下士官の教育を受けた十人が二人一組となり、五班に編成された。各班三十名で、父はその助教、助手になった。兵舎は支那家屋、演習は裏山を利用して四月中旬に教育は終わった。

教育係と父達十人はここに残ることになり、南京の学校へは行けなかった。教官は保田見習い士官殿。午前は演習で午後は学科の教官であった。

演習の行き帰りによく飛行機に悩まされた。田んぼのあぜ道を歩いていると、いきなり山と山の間から飛行機が現れて、逃げる暇なくそのまま伏せて機関砲に打たれずに命拾いした経験は幾度もあった。

教育中、マラリアの三日熱に罹り、毎日決まった時間にガタブルが起きる。病気のため、演習は休む。しかし一向に身体は良くならない。口から全然食事が摂れず、体力がなくなるばかりであった。

食事が入らないのは体内に回虫が湧いているせいであったことに気がついた。そこで虫下しの薬を飲んでみたら、出た出た、虫ばかりの大便。この回虫は瀋陽に駐屯した頃、生野菜ばかり食べた祟りでもあった。

病気が快復し、ようやく演習に出られるようになった時には既に教育は終わっていた。仲間は兵長になり、教官は少尉に任官した。

解散してすぐ中隊に戻り、染谷班長の所へ戻された。病気のため進級できなかった父はとてもみじめな思いをした。古年兵にもいじめられ、穴があったら入りたいぐらいの気持ちになった。

終戦

そうこうしていると、昭和二十年（一九四五年）八月十五日の終戦を迎えた。

内地のニュースが真実となくデマとなく飛び交った。

すぐに帰還できるものと、心はもはや内地へ。

ところが簡単に帰還できるものではなかった。桂林方面にいる前線部隊を後方へ輸送する任務についた。

父達の中隊は列車の軌道を利用しガソリンカーで輸送し、父達十二人はその妨害を防ぐため、川の鉄橋近くのトーチカ（航空軍事用語でコンクリート製の防御陣地を指す。日本語では〝特火点〟と訳される）勤務となり父が分隊長だった。

昼はのんびりと近くの集落へ行き、長から米や豚肉野菜をもらい、大きな志那鍋で具を炒めて食べたりした。

「こりゃ結構いけるぞ。豚肉でかいな」「おい、史郎俺の分」「がっつかなくたって残しておくさ」「ほんとか」「まああせるな。早く家にかえりてえなあ」「日本はどうなっているんだ」

話していても、皆それぞれの家族に思いを馳せていた。

夜間には歩哨を立てて警戒した。十月末、ようやく出動命令が出た。

トラックで長沙まで来て、また滞在し、武器や兵器を中国に渡し丸腰になった。

一週間は舟の使役をさせられた。

「俺の私物がない」

ちょっとした油断で物盗りにあってしまった。

長沙から岳州まで中国人の運転する機関車に乗り、いつの間にか車両と機関車が離れ離れになってしまった。

「おーいどうなってるんだよ」「機関車がどんどん先にいっちまった」

残された貨車は下り坂なので惰性で走って駅という駅は通り過ぎて上り坂に差し掛かりようやく貨車は止まった。たどり着いた先は缶州であった。ここで越冬準備となった。

十月末は既に肌寒く、山から木や萱を切り採り小屋を作った。屋根は車のシートを使い、土間を高くして藁を集めて寝具にした。毛布二枚で冬を越した。

病人が次第に増え始めていた。アミバー赤痢が流行っていた。栄養失調も続出した。中国から支給された給与では半年持たないと軍医が言っていた。米はかけご一杯で三食食べる。芋の葉と菜っ葉の味噌汁。たまたま中国の農家の手伝いに行く機会を得た父は、死から免れた。

中国は八年間の戦争で荒れ放題だった。茶畑の耕作はしばらくぶりで、鍬を持ったがなかなかきつい。手伝いの後、ご飯を腹一杯食べられるのが楽しみであった。夜は豚小屋に藁を敷いて寝た。

身体が温まるとシラミが動き出す。襟布の折り目、フンドシの皺、シャツの縫い目のあわせにシラミの糞がいっぱいある。かゆいからかく。体中爪痕が残る。汚れた手でやるものだからカイセンができる。

乗船命令

昭和二十一年（一九四六年）五月、乗船命令が出た。岳州から列車に乗り上海まで到着し舟にまた乗った。上海では身体と持ち物の検査、ＤＤＴの散布を受け、やっと舟に乗ったのが六月の中旬。行く先々で待たされ続けた。

次にやっと鹿児島沖に停泊し、検疫を受けて一晩船で寝た。

鹿児島上陸後、復員列車で一路東京駅に向かった。夕方五時頃、東京駅に着く。国電に乗り千葉の駅にたどり着く。千葉駅から本納駅まで汽車に乗り、本納で一学年上の加藤さんに頼まれた言付けに彼の家を訪ねた。

すると、葬式が今日終わったばかりのところだった。晩飯を加藤さん宅で御馳走になり、白子の家まで月を眺めながら歩く。十二時過ぎに我が家に着いた。

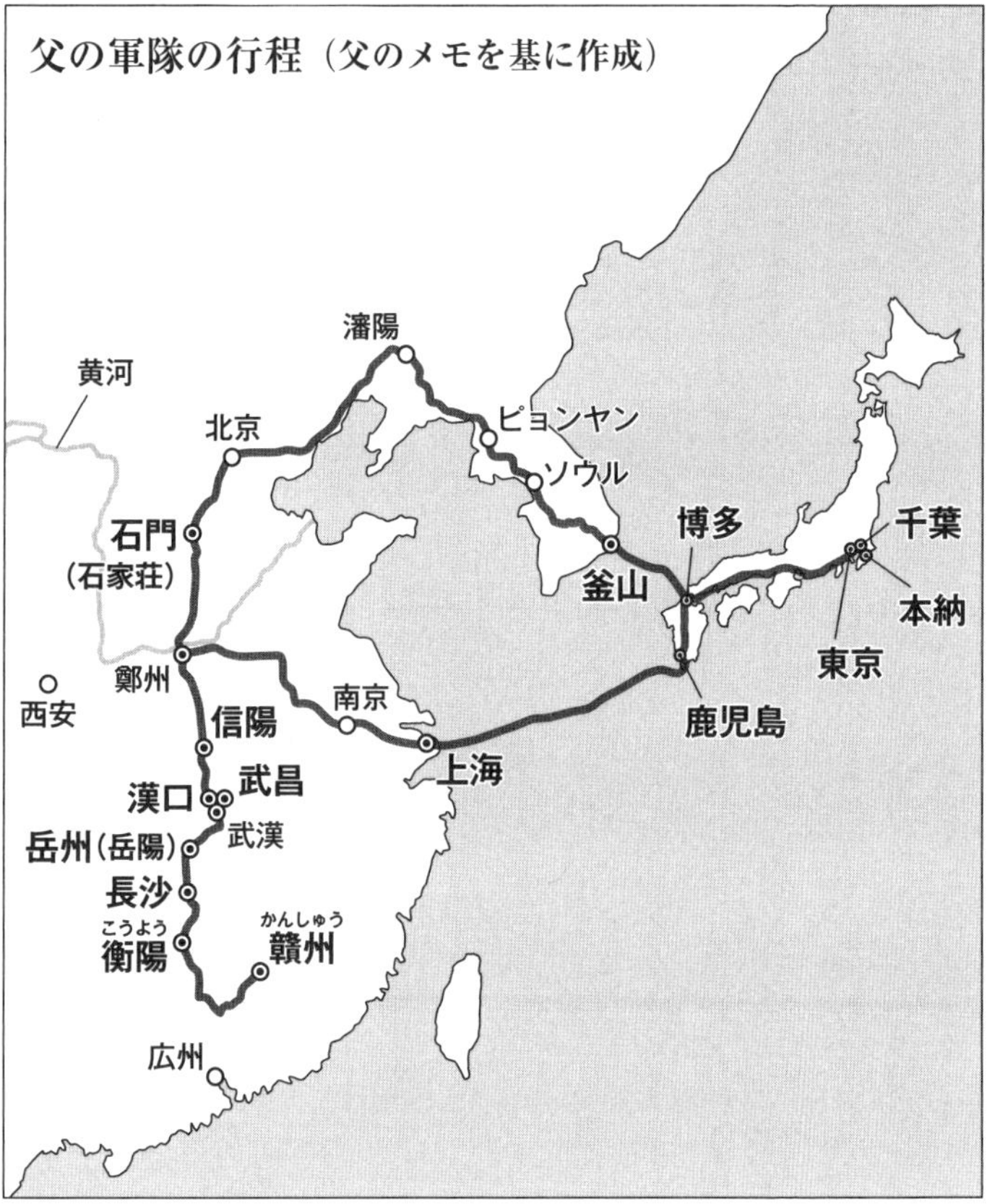

父の軍隊の行程（父のメモを基に作成）

津田沼駅《昭和19年1月3日》→品川駅→博多→船で朝鮮・釜山→北支・石門（現・石家荘）→黄河超え→信陽→漢口→武昌→岳州（現・岳陽）→長沙→衡陽→長沙→岳州→贛州→岳州《昭和21年5月》→上海→鹿児島《昭和21年6月12日》→東京駅→千葉駅→本納駅

復員後

復員した父は永い間の抑留生活がたたり、栄養失調の身体をしていた。出征の時お世話になった蒲田営業所へ復員の報告をした。

駅の近くにあった役所は畠山国民学校に間借りしていた。父はしばらく実家にいた。毎日寝たり起きたりの生活をしたおかげで、元の健康な身体を取り戻していた。兄嫁の弟の糸田剛さんは父と同じ役所勤めで足立営業所に勤務していた男である。彼は田舎に時々顔を出していた。

彼は細谷隆の姉で父より一級下の娘を嫁にしていた。当時は食糧事情が悪く時々米運びに通っていたのだ。

父は役所に復職するかどうか決めてはいなかった。蒲田に通勤するのは田舎からは無理であり、すると、その糸田が江戸川営業所に勤務できるよう所長に働きかけてくれたのである。仕事は検針員である。

辞令を貰いに行った。するとそこの所長から、「江戸川は成績がいいところだから、君が入って成績を悪くしないように」などと言われた。

最初のはなむけの言葉がこれでは、それに所長が褒めていた本村という人物も彼の後を廻ってみると、どうも適当な仕事しかしない人物だった。

半分がっかりした。彼は夜間の土木科を出ており、主事補から技師補と職名が変わり工事係の内勤になった。父は江戸川全域と旧城東区を一人で検針して廻った。

江戸川営業所

父は当時数え二十六歳で、朝四時に起床、四時半までに食事を終わり、弁当を詰めてもらい、八積駅に着くのが五時十分、五時十五分の一番列車に乗り、東京の新小岩駅に着くのが八時。歩いて役所まで二十分かかる。役所に着くや否や他人に構わず現場に出てしまう。

一日の点検を済ませて所に戻るのが一時半から二時。軍隊で鍛えた足、歩くのは速い。

四時には仕事が終わり、四時半には新小岩駅に着いてしまう。毎日同じ繰り返しだった。

糸田剛さんは先妻と子供を戦災で亡くしていた。二度目の結婚で小岩に住んでいたが、奥さんの弟が風邪で亡くなり、その後嫁さんの実家に婿に入った。住まいも板橋に引っ越した。

一人で検針を一生懸命にしていると、その後、妻になる朝子の弟・誠二君が検針員として入った。たった二人だけなので、とても仲は良かった。田舎のお祭りやお正月には田舎に彼を連れて行ったりした。

寒くなると田舎から通うのもつらく、いつの間にか役所の宿直室に寝泊まりするようになった。誠二君と姉の朝子とが、風呂に入るように迎えに来てくれた。田舎者の父はその親切を素直に受けた。その後、長妻所長が退職。その後任に吉岡利光所長が転任されてきた。新所長は父の同郷の斉藤時重氏と営業所で働いていた方だった。

縁談

ある日、神田所長に呼ばれた。

「君は園田君のこと、どう思っているかね？」と聞かれたので、「いい人物です」と答えた。これが縁談をもちかけていることは容易に呑み込めた。

「結婚する気はあるか?」という問いに「私は復員したばかりで結婚は考えていません。いい人だから話だけ決めておいて、二、三年後にしたいです」と言った。

「今の時代は男女平等の世の中だ。共稼ぎでもしたらいいんだ。俺に任せろ」と言ってくれた。

日にちが経過すると、園田さんのお宅には松本さんを話に行かせた。そして父の実家には斉藤時重氏をやった。

いよいよ話が煮詰まってきてしまい、父は家も持たない者が馬を貰うようなものだと感じていた。

しかし、三人の立派な上司が動いてくれていて、もう任せるしかないのだと思った。正式には長兄が上京し、父と一緒に所長の家で一晩厄介になり、三人で園田家に向かった。

しかし、迷惑だったのは園田家だったかもしれない。金のない役所の人間と結婚するより、他の家に嫁に行かせたかったようだった。しかし、上司に説得され、やむを得ず、当人同士がよければ仕方ないと話がまとまった。

その後、結納を持っていくことになり、斉藤さんがデパートから結納一式セットを買ってきてくれた。結納金を包んだが、それも開けてびっくりに違いないと想像できたようだ。

そして昭和二十二年（一九四七年）五月三日、田舎で挙式した。

当日は朝から雨降りで、父と園田誠二君（朝子の弟）は前の晩から田舎の実家に来ており、茂原駅まで迎えに行った。

田舎のバスはおんぼろ車でバスの中も雨漏りがして洋傘をさしていた。田舎の実家に着く前に斉藤さんのお宅で花嫁の衣装に着替えた。夕方六時頃、本家の親父さんと提灯を持って花嫁を迎えに行った。

親戚や近所の方達の手伝いで宴会が始まり、終わったのは明け方四時だった。その後父達は田舎に二、三日いたが、すぐ上京し、園田家の三畳が夫婦の住まいとなった。

一ヵ月位で父は亀戸営業所に転勤になった。亀戸営業所は戦後復活したばかりであった。

おっきあんちゃん

「おっきあんちゃん」というネーミングは、父が結婚当初夫婦で母の実家に間借りしていた頃、母の兄弟妹に呼ばれていた愛称というべきものだった。実家での間借りは三畳の狭い部屋だったらしい。昭和二十三年のことだ。

母には兄が一人と弟が四人と妹が一人いた。もう一人妹が下から四番目にいたというが、幼い頃に病気で亡くなっていた。一番下の妹が十一歳頃に父親が亡くなり、もう母も結婚していて、一番下の妹は母と十八歳違いなので、六歳位の頃から父も一緒に遊んであげたり肩車をしてあげたりしていたという。その一番下の妹や他の弟達も義理の兄だけれど、「おっきあんちゃん」と呼んでいた。父はある意味うれしかったのだろう。自分はバッチで、お兄さんと慕ってくれる兄弟はいなかったのだから。

しかし、父と母に子供が生まれた。私の姉・貴子だ。祖母・ナカは母の安産を願い祈祷師まで呼んできていた。昔、昭和二十年代は家でお産をするのが普通で、産気づくとお産婆さんを呼んできて出産するのが当たり前だった。

姉が生まれて数ヵ月で母と父は実家を出た。狭すぎるのだ。父と母は江東区の借地に家を建てた。建てたというより古屋付きだった。判然とはしない。木造で簡易なつくりであった。庭があるのがちょっとうれしい。玄関は東向きであった。

私の小さい頃の庭には竹垣があった。その竹垣の中が庭になっていて庭木が植えられていた。サクランボがなる桜の木もあったと記憶している。その竹垣の下の並びに小さい可憐な白い花、たぶん「玉簾」というのが咲いていた。

家は狭い。四畳半と三畳しか部屋はなく、台所も半畳で小学校低学年までは風呂場もなかった。そして疑問も抱かなかったのだが、玄関にはガラス戸がなく板戸で開け閉めしていたのを覚えている。

父が結婚した頃は、戦後間もなくであったので食糧事情は勿論良くない。米がなくなると父が千葉の実家まで行き、米をもらってきた。

よく父は胃痙攣を起こし、座り込んで夜遅くなって、乗り物がなくなっても歩いて米を背負って持ち帰った。

私が小さい時、昭和三十五年（一九六〇年）当時は田舎から作物をかついで売り歩くおばさん達、つまり行商の人達が総武線の電車に乗っているのを見かけた。私は父もそんなおばさん達のような感じかなと想像していた。

皆、食べるのに精いっぱいだったらしい。昭和二十年八月十五日に終戦を迎えてから十年以上が経っていたが、駅や繁華街の一角に負傷した元日本兵の兵隊さんがアコーディオンなどを奏でながら、または満身創痍の身体のまま兵隊服に身を包み、道行く人達に恵んでもらって生計に役立てていたようだ。足などを負傷してギプスをしている兵隊さんを見るのは幼いながら悲しい気持ちになった。

父は出征した後、何度も肺炎に侵されていた。戦争当時は上等兵だったが、中国に行かされても肺炎を何回も患い、日本に帰されて初年兵の教育係だったので生きて終戦を迎えることができた。

父は上官によく殴られたと言っていた。

「貴様、何笑ってんだ。人の話が可笑しいのか？」

眼が垂れているので誤解された。私も目が垂れ気味なのは父譲りのようだ。

軍隊は理不尽な世界だ。父は実に寡黙な方で我慢をするのに慣れていた。我慢するしか、という環境が軍隊というところなのか？

軍隊にいた時の話も、もっと聞いておくべきだった。

亀戸営業所

昭和二十二年（一九四七年）五月、亀戸営業所に転勤した。内勤で転勤したはずだったが検針員がいなく、毎日メーターを見に現場を歩いた。一緒に転勤してきた後藤さんもその一人であった。所長はやむなく亀戸職業安定所へ募集の広告を依頼した。終戦後の役所の給料は安かった。

募集で入って来た大学出の新入りは、二人ともすぐに辞めてしまった。東京で闇米が一升二百五十円もしていた。

昭和二十三年九月十六日、アイオン台風が東京湾からゼロメートル地帯の江東区に被害を与えた。降水量が多くその後は東北地方へも被害をもたらした。関東地方は前年のカスリーン台風でやられていた。父は「台風待機」で待機していたが、江東区に居住する者は家に帰された。

妻と乳幼児の娘は東芝に避難させるも、夜中になるとさらに激しくなり、心配になったので東芝に向かったが、途中の稲荷神社の社務所に這い上がり、一時避難した。材木や鉄板が流れて来て、実に危なかった。

朝になってから家へ戻ると、我が家は床上浸水、畳は浮いていた。潮が満ちてくると再び水が増していく。夜になりなんとか水をかきながら警察に避難すると、近くの小学校へ舟で運んでくれた。

昭和二十四年、キティ台風が関東を襲い、利根川の栗橋の決壊のニュースをラジオで知った。

江戸川と荒川の間は大洪水となり、じわりじわりと押し寄せた水がとうとう江戸川区の今井までやって来てしまった。水嵩はたちまち床上スレスレまで上がった（ウィキペディアによると、キティ台風は昭和二十四年八月二十八日に南鳥島付近で発生し、三十一日に最盛期を迎え、中心気圧九五六ヘクトパスカルの大型で強い台風となった。江東区や江戸川区など荒川流域に広がるゼロメートル地帯のほぼ全域が、大規模な浸水被害にあった。群馬県勢多郡東村（現みどり市）沢入で九月一日未明、土砂崩れが生じ三十一名が生き埋めとなり二名が救出され、二十九名が死亡した）。

そこで今井の土提の近くに住む知り合いの家に避難した。松江通りでは水深が父の身長ぐらいに水嵩が増した。かつて勤務していた江戸川営業所も被害を受け、小松川三丁目の警察の近くに移った。葛飾区と江戸川区に応急給水が始まったが、亀戸営業所も応援のために業務は全面ストップしてしまった。荒川の土提から樽に水を入れて船で運んだ。葛飾区においては鐘ヶ淵から船で運んだ。土手から周辺を眺めてみると、孤立した家屋が多かった。

昭和二十五年三月に、近藤雄一君が安定所を経由して入ってきた。彼は父と同じ二十七歳で、幼い時に親を亡くし、妹は他所へ養女に出され伯父の家に世話になっていた。彼は、昼は農業を手伝い、旧制中学の夜間部に通う苦労人だった。農家の農繁期になると必ず辞めたいと言っていた。そのたびに辞めるのを慰留した。その甲斐あって、のちに江戸川区北営業所の収納係長に栄転した。近藤君の次に来たのが妻の弟・啓介君だった。彼は十七歳。義弟にはつい厳しくしていた。

彼は誤解していた。二人の間はうまくいかず、女房の母親は困った様子だった。父達夫婦が一時も早く出ていくことを望んだ。そして、大した金もなかったが有り金をはたいて砂町の家を買った。

同僚のこと

収納係長になった近藤君が、ある日、組合の動員に出され家に戻って夕食をとった後気分が悪いと言って、その晩、病名も判明せぬまま死亡してしまった。人の死は分からないものだ。

本所区（現・墨田区）千歳営業所には、面倒見の良い木原さんという係長がいた。昭和二十五年、舟で潮干狩りに同僚と出かけた。芦尾君が足を怪我してしまった。日曜日のため、医者がなかなか見つからずようやく亀戸六丁目の医院で治療してもらい、木原さんは芦尾君を自宅まで送り届けた。できた人物であった。他に真面目に良く働く青年で、夜学の大学を卒業した者もいた。

営業所同士の検針競技会、事務競技会などがあり、珠算競技会、領収書作成までの競技などをやり、父の所属する営業所が二位になり賞金を貰って皆で飲んだ。組合の物言いがつき、検針競技会、事務競技会などをやめてしまった。

戦後の水道工事の月賦払いなどもあり、工事費の整理が結構込みあっていた。

バロース

バロース社というのはコンピューターの会社で、ここでもバロース社のコンピューターを導入しはじめたのだろう、専任の担当者もいた。
よく父の口からバロースという単語が飛び出していた。日本も近代化されるようになってきたのだと思った。

父は昭和三十七年（一九六二年）四月、係長に栄転し江戸川営業所に再び勤務となった。母からも吏員試験のあるのを聞いたことがあった。昇進試験のことらしい。

戦前戦後、父達のような検針から内勤に昇格する人達がいた。そういう制度があって、父達は吏員試験も受けられて昇格もできたのだろう。若い青年が検針作業で毎日ミミズとの対面に不満であることも分かる。メーター桝に水があり、泥があるのをくみ取りながら作業するのはなかなか大変である。父も軍隊に行く前と復員後も検針員をしたが、一生懸命にやっていたと言っていた。

父は飲める口で、同僚と飲んだりして気晴らしができたのだった。

三筋町営業所

昭和四十二年（一九六七年）になると、父は三筋町営業所勤務になった。それまで一緒に仕事をしていた江戸川営業所の平川さんと児玉君は、父にこっちの現場のことは心配しないよう言って送り出してくれた。現に彼らは頼もしい部下であった。

だから父は夏などには平川さん達を実家に招き、彼らを労った。七月で朝から雨だったが父の実家が民宿をやり始めたこともあり、甥っ子の和雄に迎えに来てもらい、幸い翌日は良く晴れて海に出かけ地引網の見物もできた。皆、喜んでくれた。

平川さんは三宅島出身だった。昭和四十五年八月に、平川さんの実家に私は同僚と共に遊びに行かせてもらった。三宅島に行かせてもらったことは生涯忘れられない思い出だと父も言っていた。

その当時、父はくさやにはまっていて、家でくさやを焼くとその臭いがきつくて逃げ出した記憶がある。

くさやとは？「ムロアジ類を開きにして、はらわたなどを入れた汁につけてから干した干物。伊豆諸島の特産物」（オックスフォード・ランゲージより）。

父は結構、職場の人達と楽しく仕事していたといえる。

その後、南部第二支所に転勤になり、錦糸町駅から日暮里行のバスで竜泉二丁目、もしくは三ノ輪で下車、徒歩十三分位。亀戸からだと日暮里行のバスで泪橋下車、十五分位に支所はある。泪橋から歩いてくると、風呂に何年も入っていないような人が歩道に酔って寝転んでいる姿を目にした。父はこの支所も少し気に入らなかったようだ。人員が他より多いのに、係長にも検針が割り当てられている。父は仕事が嫌ではないが、通常業務が係長に割り当てられているのはこの支所だけということだ。仕事の効率に問題があるようだ。

この時期、点検カードの書き換えがあり、アルバイトを雇い、その作業は順調に片付いた。

父は管理職試験を受けることになった。試験前日、課長は父に早く帰り試験の準備をしなさいと言ってくれた。どうせ受からないと思いながらも、真面目に試験を受けること自体は無駄ではないと思い直したという。

試験当日はすらすら書けて、その教室内では一番早かった。

母親の死亡と合格通知

管理職試験が終わると、係全員で栃木の湯西川温泉へ旅行に行き、楽しんだ。

しかし、昭和四十七年（一九七二年）十一月十二日、突然田舎から「母の死」の連絡があった。父の母は満九十二歳になっていた。長兄の話では、足を骨折してから身体が弱っていったとのことだった。

そのちょうど同じ日に、父は管理職試験の合格を知らされた。まるで母の見えない力が働いたかのようなタイミングで。母の死は寂しいが母の死の置き土産のような形での合格通知だった。神も仏もあったのだという気持ちにさせられた。

母親の葬儀は、日曜日が友引のため、月曜日に行われた。大勢の職場の仲間やお世話になった人達が弔問に来てくれた。女房、子供も葬儀に間に合った。

葬儀も終わり、面接試験を経て十二月一日に辞令が出た。某区役所の戸籍課長という辞令であった。戸籍課は区民部長の配下にあり、区民課長、商工課長、住居表示課長が他にいた。課には管理係、交付係、受付係があり、父の所属の課員は父を含め三十三名。男性八名、女性二十五名。

戸籍事務は委任事務であり、東京法務局の指導下にある。年一回事務監査がある。戸籍のベテランになると法務大臣賞を受ける者もいた。また、戸籍事務競技会は全国、都でそれぞれ年に一回ずつあった。普段の仕事でも常に改善できることを皆で研究していて、熱心であった。年二回の旅行も和気あいあいとしたものだった。

しかし、ある時、一人の職員が「昼休みの当番をした日は、夕方四時で帰して欲しい」と要求してきた。これは皆の要求だとのことだった。労働基準法からして一時間早く帰すことはできないと断り、五時までの間に一時間休憩を取ってはどうかと提案した。このことで職員との関係がおかしくなった。これは前任者からの問題のようだった。係長達は理解を示してあげてくださいと言った。それからは五時まで職員がいるかいないかチェックするようになったが、全ての日をチェックするのは不可能だった。それは議会の予算委員会、決算委員会などには課長が答弁のためいないこともあるからだ。

ある日、四時に帰る女子を見つけたので「誰の許可をもらって帰るのか？」と引き留めると、泣いて係長のところへ飛び込んだ。しばらくすると係長が父の前に歩み寄り、「課長が理解してくれないから、係長サイドで帰していた」と言った。「係長は職制であり課長の言うことが分からんのか？」と怒鳴った。部屋は静まり返り、父も静かに様子を見ていた。

それからは帰る者もいなく、課長に意地悪する者もいなかった。しかし、チェックはそれとなく続けた。ある日、人事係長に用があり出向くと、組合の婦人部全員が戸籍課長の席へ押しかけるというのだ。父は誰が何を言おうと「ビク」ともしなくなった。区民部長からその後の様子を聞かれたので、「皆一生懸命やってくれている」と報告した。怒鳴ってしまってから「仕事の協力はしなくなるのでは？」と危惧していたが、寧ろ協力的になった。

区に異動した当時はここで最後を迎える決心をしていたが、身上書に転勤希望を「元の職場」と書いてしまっていた。身上書は年一回、課長は部長へ、部長は助役に提出する書類なのだ。すると、十一月三十日の夜中に総務部長から元の職場に戻れる旨の連絡がきた。そこは南部第一建設事務所の庶務課長で、十二月一日付の辞令が出たのである。父は区役所には二年いた。

南部建設事務所

南部建設事務所、通称〝南建〟は南部第二支所と同じ合同庁舎にあり、南部第二営業係長時代と場所も通勤も同じ。職員はほとんどが技術職で、わずかに事務職がいる。しかし、この時期に労働組合のストライキがあり、自分なりに示達を出し掲示板に貼ったのである。翌年の春闘では、組合も三・六体制を守るんだと闘争スケジュールが組まれた。父は三日続けて組合員の賃金カットの提示を行った。四日目に話し合いがもたれた。組合は二派あり、共産系と社会党系である。抜擢、定期昇給、わたり（天下りの繰り返し）、人事異動、作業の割り当て等まで、複雑な話し合いがもたれたのだ。

しかし、他の庶務課長から比較すると、建設事務所の庶務課長が一番良かったと思える。反面、大きな予算を使うので、工事のスケールの大きさは大変な現場であった。技術職員はやりがいのある職場なのである。

所長と現場の詰め所をお供して廻り、監督者の指導や作業方法の指示、進捗状況の把握などを確認した。シェルド工事、川底の配管のドッキングなど、非常に勉強になった。

ちょうどそんな折、南部第二支所時代の部下に婚礼の媒酌人を頼まれた。父達夫婦は甥っ子などを含めて頼まれ仲人を生涯で十三組もしたのである（昭和はそんな習わしのあった時代で、現在は仲人というのはあまり聞かない。但し、ビジネスとしての紹介機関や出会い系サイトなどが出現してきた）。

昭和五十一年（一九七六年）八月、第一支所の庶務課長となった。

この支所では転任前から営業部と組合部が人権的な問題で対立していた。うっかり彼らに掴まると質問攻めにあい、言質を取られてしまう。相手の柿沢書記長は始まる前に「答えたくないことは答えなくてもいい」と言いながら、誘導尋問的な攻め方をする。翌日に労働組合の書記長から確認事項ができあがったので都合はどうかと聞いてきた。しかし、父は断った。その理由は、判を押させ本部に持って行くことが分かったからだ。あくまでへたなことは言わず無言でいた。父は口の軽い支所長のためを思ってしたことであり、平然としていた。

するると支所長が父に、「今後を考えると謝っておいた方がいい」と勧めるので謝ることにしたが、書記長が「あんな馬鹿な奴（父のこと）、顔も見たくない」と言っていたと人づてに聞いた。

日が経つにつれて、この謝罪のことはお互いに忘れかけてきた。闘争はより熾烈を極めてきた。ある日、用事で給水部の小谷課長を訪ねると、

「片岡さん、あなたは支所長のことばかり考えているようだが、支所長は公の目前であなたの悪口を言っている。支所長のことはいい加減にして、柿沢くん（組合の書記長）の話も聞いてあげてくだい」

と言われた。

父は悪口を言われていたのは覚悟していたので、別段気に留めなかった。

以前から営業支部の武田支部長から人権的な問題での交渉が再三にわたりあったが、

一度もやらなかった。そうしたら、配水支部のは受けて、営業支部のは受けないとは不当労働行為だと武田支部長が脅した。闘争と闘争の明け暮れの毎日で、姿をくらますのに骨が折れる。父としては組合が怖くて逃げるのではなく、相手に罪を起こさせない配慮でもあった。

労働部は人権的な問題は裁判で争っているので出先は交渉をもってはならぬと言われている。だが支部役員は出先の課長を目標にして交渉しろと迫るのである。うっかりその手に乗ると言質を取られて大変なことになる。

昭和五十二年（一九七七年）九月、支所の会議室で管内の検針係長会があり、支部長がその会議に出席し、そこで労働組合が押しかけてくるとの情報を持った職員がいた。その職員へ支所長に連絡を頼み排水課長を呼び出して父と一緒に表へ出てしまった。外の喫茶店で庶務係長に居所を教えておくため連絡を取った。支所長が廊下で掴まってしまったと連絡が入り、我々も役所に戻ることにした。

会議室前の廊下は見ず知らずの組合員でいっぱいで、支所長は二重三重にも取り囲まれていた。支所長がこれから会議に出るからと言っても放してくれない。

夕方五時に三階の会議室で話を聞きましょう、と中に入った。廊下で囲まれた時は知らぬ顔ばかりと思ったが、三階の会議室には支部役員が揃っていた。排水課長と父は十一時過ぎまで一言もしゃべらず、ただ組合員の話を聞くだけにした。次回の交渉を約束すれば今夜は散会すると言ってきたので、一応、何日何時と約束をしてその場を上手に逃れた。

次回、約束の交渉の日が来たが、父はその日朝から管内の課所長と一緒に、ある場所に姿を隠した。夕方支所の庶務係長に電話し、支所課長と父の机の周りは貼り紙でいっぱいだと聞いた。

その晩、〝南二〟の支所長は逃げられたが支所課長は掴まり言質を取られ、文書にも連盟で書かされてしまったとニュースが入った。

その後、ある場所に全管理職が集められ局長や労働部長から、この一連の問題の経緯の説明があり、当事者となった南二支所の課長は全管理職に詫びた。

営業部に籍を置いて間もない父は、〝南一〟でなくて良かったと胸をなでおろした。

人権的な問題は裁判の決着がつき、双方和解ということになった。当時の美濃部都知事は和解をとり示談にもっていった。結果、敗訴の形となった。人権的な問題は、本人を再採用し残すことで決着した。

一つの問題が解決しても、次は「検針のヘルニア問題」で労働組合は食いついてきた。暇さえあれば「交渉を持て」と迫ってくる。そのため、父はよく喧嘩もした。

交渉の窓口になることは父の仕事でもあった。昇給、抜擢、人事異動、予算の割り当て等で組合と折衝する。常に自分の立場を崩さず頑張ってきた。五十三年四月二十日に退職願を提出し、五月三十一日の退職辞令発令の日まで闘争をやらされた。

父がかばったにも関わらず悪口を言っていたあの支所長が、父の今後の就職の斡旋を申し出てきたが、そんな人に頼みたくないので父は断った（父は労働組合に突き上げられたことに辟易していた。しかし父が検針から内勤の事務になれたのも労働組合のおかげでもあったのは皮肉というものだ。父の能力と勤勉さによるものではあるけれど、きっかけにはなったのだから）。退職後は自分の故郷である白子で、甥っ子の経営するメッキ工場に勤める腹積もりでいた。が、経営が破綻し、その工場はなくなった。

退職して、都の関連団体に再就職した。都の研修所が発行する資料の部数配送、住宅局から発行される冊子の配送、サービス公社の飲料水と排水の定期採水検査、福祉局から発行される発行物の配布作業、都庁への用紙販売、健康増進旅行の実施、財務局の店舗調査、入札指令前の実績調査事務委託などを行うところだった。

ここは昭和六十一年（一九八六年）六月三十日に退職した。

田舎で第二の人生

定年後は白子で生活すると決め、その準備のために昭和五十九年五月の連休を利用して兄の持っていた所有地を甥っ子から売ってもらうことにした。畑であった土地は百八十六坪になる。当時、耕地整理が終わっていたが各年賦の償還畑であった。その土地の農地から宅地への転用手続きも父自身で行った。未納分を一切清算し、転用許可を役所で手続きし、県知事の許可を待つことになった。

その荒れ放題の土地の草刈りや松の木の伐採を、鎌や鍬を持ち特急電車で東京から通い綺麗にしていった。

昭和六十年になり、ようやく許可がおりた。六十一年三月末頃から再び草刈りを始めた。一旦綺麗にしたつもりでも、また、すぐ薮のようになる。二番目の娘婿に手伝ってもらうこともあった。

昭和六十一年五月五日に上棟式を行った。私の姉・貴子は上棟式に参加できた。私は三人の幼い子供を抱えていて、家が完成していないところに行っても大変だということで行かなかった。

姉・貴子が七月十九日に急変し、都立病院に入院した。既に脳死状態だった。父も母も私達も駆けつけた。しかし意識が戻らぬうちに、翌二十日、息を引き取った。

父は悲しみを表現もせず、私達の前では涙も見せなかった。姉は幼い時からあまり丈夫な方ではなかったらしい。

母も娘の脳死状態に放心していたのか、泣き悲しむようなこともなかった。

父達は新しい田舎の生活に向かわなければならなかった。田舎の家が完成し私達家族が泊まった晩、ドアを打つような音が何回かした。母は姉・貴子が家を見たくて来たんだよと言った。

姉が亡くなる一週間位前、私に電話してきたことがあった。「最近、頭が痛くて仕方ない日がある」。私は姉が頭の血管の病気だとも思わず、「風邪ひいたんじゃないの?」とありきたりのことを言ってしまったのだ。

姉は脳溢血で子供を二人残して逝った。

長男・有起哉を朝早く起こして勉強させようとしたり、そのために自分自身の体のことは顧みなかった。中学一年の息子は姉の自慢の息子で、個人学習塾も経営していた姉は息子に期待していたのだ。娘・玲子はまだ母親の必要な可愛い小学校五年生、そんな二人を残して旅立ってしまった。

幸い、近くで姉の夫・亮一の両親が会社経営をしていたし、亮一はその会社の社長という立場にいた。

しかし、やはり、姉は子供達には大きい存在だったのだ。なによりも義兄には甚大な影響を与え、残された家族は何年も喪失感をぬぐい切れず、日々悶々と闘っていたのだ。私も何度か訪ねたりもしたが、留守のようで応答がなかった。

しかし、子供達は二人ともなんとか仕事を見つけて頑張った。田舎の新築した家に何回か来ていた。そんな時、父はどのように思っていたのだろう?

義兄もその後、介護バスの送迎の仕事や介護用品の販売店などに勤めたりしていたようだが、なかなか会う機会はなくなっていった。

父母の田舎生活は畑仕事や親戚の民宿の手伝いに追われ、父には甥っ子・和雄や要佑兄がいたので、そんな中でも新しい田舎生活になじんでいったのだ。

父は驚くことに六十五歳で運転免許を取得し、車を運転していた。引っ越ししたのは六十七歳になっていた。

私達一家はお正月、春休み、五月の連休、夏休みと、年四回は田舎に泊まった。夏休みなど私達が帰った後も勘一、修斗は何日か残って泊まることもあり、茂原で電車に乗せてくれ、私が錦糸町駅まで迎えに行ったりした。

我が長女・佳苗はその後十九歳で私の両親の養女となったが、名前だけのことである。

父の悩みは娘二人で男子が生まれなかったことだ。私に婿を貰いたいと常々言っていたが、私は継ぐ商売もないのに婿など考えていなかった。父は自分の父親を二歳にならないうちに亡くし、学校も途中で断念せざるをえなかったせいか、私達が有名校に入れなくても大学進学を望んだ。文部省認定の大学ならどこでもいいと言うまでになった。

姉も私もその願いだけは叶えてあげられたが、実際は自分の生ぬるさを恥じていた。

父の最期

突然、平成十五年（二〇〇三年）九月の二十七日だったか、母から電話があった。

「おとうちゃんの顔が真っ黄色になっちゃって、この前病院に行ってきた。肝臓がやられているらしい。三十日に検査の結果も出るし、ご家族に同席して欲しいと言うんだけど」

「夏休みの時は確かに寝てばっかりいたけど、黄色い顔はしていなかったよね。がんって言われたの？」

「そうだよ」

とにかく、言われた日時に病院に行くことにした。

病院には少し遅れてしまい、父は不満を言った。父の顔は黄色に満ち満ちており、身体の悪さを既に露呈していた。

父は十五年前に長女・貴子を亡くし、私しか子供がいない。母は三歳年下でもう高齢と言える。

父は診察の後そのまま入院ということになった。とりあえず、入院させて、その病院の売店で必要な物をそろえた。

母と私は昼ご飯におにぎりと飲み物を買い、父の病室に行った。

父は落ち着いていた。最初の入院が結核で、その後、カロリーの高い物を食して脳梗塞になった。脳梗塞では左足に少し麻痺が残ったが、幸い他は健康であった。

その日、父の甥っ子の娘が偶然田舎の実家を訪ね、父の呂律がおかしいのに気づき救急車を呼んでくれて一命をとりとめた。脳梗塞は一ヵ月半位で退院できた。

私は必要に迫られて、父が結核で入院してすぐ運転免許を取った。四十六歳の時である。実際に一人で運転したのは、父が脳梗塞で入院した時が初めてだった。田舎に着くと母は先に病院へ向かっていて、私が後から父の車を実家から病院まで運転したのだ。

本当に運転して大丈夫かと自分に問いかけていた。やるしかないのだ。田舎は車がそんなに通っていなく、従兄の娘に教えてもらった道順に従い、おそるおそる運転して病院へ着いた。母は私が着く前にタクシーかバスで到着していた。

父はその病院でも模範の患者で、退院が早かった。運転免許の書き換えも実地のテストに合格して、とても満足そうだった。その試験には私と夫が付き添った。

今回は三回目の入院だ。

まもなく主治医の説明を聞いた。最初に言われた通り胆管がんで、もうがんが散らばっていて手術は無理だと告げられた。

父が席を外したすきに父の余命を確認した。三ヵ月位はもつのではないかと言われ、愕然とした。今後どうしたら良いのか？

数日泊まって、私は一旦東京の家に帰った。母は毎日バスで見舞いに行っていた。

私は一週間に二、三日泊まる生活を続けた。父は何回か危篤状態に陥った。私は父の手を握って意識を取り戻して欲しいと願った。父には血の繋がった娘は私しかいない。

どうしても、もう少し頑張って欲しかった。

父の「家族なのに」と言った言葉、病院へ遅れて行った私への言葉は重かったけれど、いなくなってしまうのは心細かった。

父を多くの親戚や知人が見舞ってくれて有難かった。父は頼りにしていた「すぐの兄」も甥っ子も、長兄・清一も亡くなってしまっていた。

「俺は百歳まで生きると豪語していたのに」

父を「おっきあんちゃん」と慕ってくれていた母の妹達も何度も見舞ってくれて、意識の戻らない病室に四人と私の末の息子・修斗がいた。

どういう訳か、「十一月十日に退院できるかもしれない」と父が医師に言われたと言っていたので、医師に確かめたけれど、医師はそんな話はしていないと言った。

その十一月十日に父は逝った。

五人の見守る中で、最後に「ヒューッ」という大きな声とも音ともつかぬものを発して。

私は父の最後の呼吸に違いないと思えた。

父はこの世の空気を力いっぱい吸い込んだのだった。

私は、父母が私に、東京での生活を切り上げ、父母が今まで住んでいた家に住むように言ったことを思い出した。

なぜか父は「家賃を払え」と言った。「えーっ」と思ったが夫にも立場もあり、どこに住むにも家賃はつきものである。父は通帳を私に預け自分は判を持っていて、私が毎月入金をした家賃を時々おろしに来た。私もこれは甘えてはならないと、父の提示した金額を払い続けることに誇りをもった。

父は七十九歳位までは田舎での生活で病気をしていなかったが、最初は結核で入院した。千葉市の国立病院だった。父は若い頃結核で、入院こそしなかったが治療をしながら勤めていたのだ。若い頃、完治していたと思っていたので驚いた。

結核を悔い、今度はカロリーの高い食事をし、脳梗塞になった。そして最後は胆管がんに侵された。

私は父の人生を考えた。父は幸せだったのだろうか？　少しは満足のいく人生を送ることができたのか？

その答えは本人にしか分からない。

父との思い出と言ったら、私が小学生の頃、母の実家の雑貨屋が倒産しそうになり、父が連帯保証人になり、母が土日以外お祖母ちゃんの店を立て直しに通っていた頃、父はよく飲んできて、家に早くは帰って来なかった。だがクリスマスの日にはチョコレートを削ってまぶしたホールケーキをケーキ屋さんで買ってくれたことがある。

それから、父は音痴だと思っていたが、死なれてみると、例えば軍歌♪勝ってくるぞと勇ましく……とか、♪貴様と俺とは……とか、♪若い血潮の予科練の……とか、軍歌ではない♪我は海の子白波の……とか、柔らかいところでは♪あなたのリードで島田もゆれるチークダンスのなやましさ……とか、とにかく今でも父の歌声がはっきり耳に残っているのである。

悩ましさ？　中一くらいだった私はチークダンスを国語辞典で調べたような記憶がある。なんだそういうことか、と思った。

それから夏休みに田舎に泊まり私達家族が帰る日が決まると、「帰るなら早く帰れ」と言ったことがあった。

父は私達が帰ることが寂しかったのか？　それとも、のん兵衛の父は帰る日が決まったら、とっとと帰れば酒が飲めると思ったのか？

夏休み、実家に泊まった帰りに父の運転で駅まで向かう車中、父の、帽子をかぶったあとの日焼けしていないおでこの辺りの白い肌に少し汗がにじんでいた。周りの田んぼは黄色に実った一面の稲。その景色を見て、穏やかで明るい陽射しが注ぎ、そして清々しい少しの風を感じて父が「気を付けて帰れよ」という言葉の声音や「おとうちゃん、また、来るね」と言って次の訪問というか帰省というかを約束した時の感じが、父との一番のいい思い出。なんだかその瞬間が父と私の幸せな時間だったように思えてならないのだ。

おとうちゃんの人生、あっぱれだったよ！

あとがき

「カオル、見てくれ、どうだ？」

「うわあ、完璧だわ」

父は庭の草むしりをしていたのだが最終段階に入っていて、自分の仕事ぶり、庭全体何も生えていないように、それこそ根こそぎ引き抜いた徹底ぶりを、私に示したかったようだ。

その敷地はほぼ砂地で、敷地の入り口から何本かの植木の見えるその奥に、菜園を趣味にしている父の庭がある。

いつだったか？　それは父達夫婦がこの父の故郷である白子の地に越してきたばかりの頃、「これから大根をまくぞ」と父が言って、「こんな砂漠のような場所で作物が育つの？」と私が疑問を口にした。ニュースか何かで砂漠に植物を植えるために高吸水性ポリマーのような素材を使うという計画を耳にした時、あのオムツや生理用品のような素材を砂漠に？　また後先考えない目先の計画なのか？　と思った。勿論そんな素材は残しておいたら環境に悪そうなので、回収しなければならないはず。

その後、我が実家の庭の大根は高吸水性ポリマーなど使わずに見事にまっすぐ育って、私もそのみずみずしい食感を味わえたのだ。

今では父が残したこの畑というか菜園で夫と二人、大根も育てて、知人に「大根はいらないけど葉っぱだけ大量に欲しい。生ふりかけを作るから」とお願いされている。通常の販路では大根は茎から下が売られていて葉っぱは手に入らないのだ。

しかし、こんな小さい種があんなおおきな大根に成長する。まるで、あの上野の小さいパンダの赤ちゃんが見事なジャイアントパンダに育つようだ、とお得感半端ないことに大満足したのだ。

冬の日にも暖かい陽ざしが差し込んでいる時は草むしりに励む。

ふと空を見上げる。周りの家屋が少し目に入るものの、庭の中心にはアカメモチの木、ケヤキが育っている。それを夫と末の息子（年に一度しか来ない）のブルーのジャケットコンビが、ギコギコ切っている。

生垣として植えられているマキの木の手入れはしなかったのか、あまり整った生垣になっていない。生前の父のすぐ上の兄が適当に植えていったと聞いたことがある。まあ、仕方ない。

山桜もある。数年前に植えた柿の木もある。

私達夫婦が週末農家で東京から通ってくる。庭の奥に父がこしらえた菜園に作物を植える。

庭から母屋への眺めでは、家の茶色と白の壁が際立って見え、空は鮮やかな青色。

絵本に出てくるみたいな雲。私は軍手をして鎌を根っこからすくいあげる。

おっと、二月の畑にテントウ虫がいた！　アブラムシを食べてくれるテントウ虫のために、少し草を残しておこう。

この穏やかな陽ざしに包まれて、上では枝がさわさわ揺れている。

私の頬に僅かに涼しげな風を起こす。

庭の其処彼処に、父の暮らした息遣いを残して。

カゼ　カオル

著者プロフィール

カゼ カオル

1953 年 5 月 26 日生まれ。東京都出身。
大学卒業後、出版社に勤務し計算事務に携わる。
結婚後、子育て中に 8 年余、フランチャイズ的学習塾を経営。
元図書館司書。
趣味は、ピアノ、菜園づくり、お菓子作り、ボランティア活動など。

おっきあんちゃんと清《きよっ》さん

2023年10月15日　初版第１刷発行

著　者　カゼ カオル
発行者　瓜谷 綱延
発行所　株式会社文芸社
〒160-0022　東京都新宿区新宿1－10－1
電話　03-5369-3060（代表）
03-5369-2299（販売）

印刷所　図書印刷株式会社

ISBN978-4-286-24560-7　JASRAC 出 2303707－301